la courte échelle

Denis Côté

Denis Côté est né le 1er janvier 1954 à Québec, où il vit toujours. Diplômé en littérature, il a exercé plusieurs métiers avant de devenir écrivain à plein temps.

Plusieurs de ses romans lui ont valu des prix et mentions, dont le Prix du Conseil des Arts, le Grand Prix de la science-fiction et du fantastique québécois, le prix M. Christie, le Prix du rayonnement international du Conseil de la Culture de Québec et le Coup de Coeur Communication-Jeunesse de l'écrivain le plus aimé. Le Grand Prix Brive/Montréal du livre pour adolescents a couronné l'ensemble de son oeuvre. De plus, Denis Côté a reçu à deux reprises le premier prix des clubs de lecture Livromagie.

Dans la collection Roman Jeunesse, trois de ses romans ont été adaptés pour la télévision dans le cadre de la série *Les aventures de la courte échelle.* Certains de ses livres sont même traduits en anglais, en chinois, en danois, en espagnol, en italien et en néerlandais.

Stéphane Poulin

Ici comme à l'étranger, les illustrations de Stéphane Poulin sont très appréciées. Au cours de sa carrière, il a accumulé une liste impressionnante d'honneurs, dont le prix du Gouverneur général qu'il a obtenu à trois reprises depuis 1990.

À part son travail qui le passionne, il aime beaucoup la musique et les vieux vélos sans vitesses. D'ailleurs, il n'a pas de voiture et, hiver comme été, il se promène sur sa bicyclette qui date de 1937.

À la courte échelle, Stéphane Poulin a fait les illustra-tions de l'album *Un petit garçon qui avait peur de tout et de rien,* de Stanley Péan, dans la série Il était une fois..., en plus d'illustrer la série Maxime, de Denis Côté, et les couvertures de plusieurs romans de la collection Roman+.

Denis Côté

LA FORÊT AUX MILLE ET UN PÉRILS

Tome II

Illustrations
de Stéphane Poulin

la courte échelle

Les éditions de la courte échelle inc.
5243, boul. Saint-Laurent
Montréal (Québec) H2T 1S4

Direction littéraire et artistique:
Annie Langlois

Révision:
Simon Tucker

Conception graphique de la couverture:
Elastik

Conception graphique de l'intérieur:
Derome design inc.

Mise en pages:
Mardigrafe inc.

Dépôt légal, 2ᵉ trimestre 2004
Bibliothèque nationale du Québec

La courte échelle reconnaît l'aide financière du gouvernement du
Canada par l'entremise du Programme d'aide au développement de
l'industrie de l'édition pour ses activités d'édition. La courte échelle est
aussi inscrite au programme de subvention globale du Conseil des Arts
du Canada et reçoit l'appui du gouvernement du Québec par
l'intermédiaire de la SODEC.

La courte échelle bénéficie également du Programme de crédit d'impôt
pour l'édition de livres — Gestion SODEC — du gouvernement du
Québec.

*Denis Côté remercie le Conseil des arts et des lettres du Québec
de son appui financier.*

Données de catalogage avant publication (Canada)

Côté, Denis

La forêt aux mille et un périls, tome 2

(Roman Jeunesse; RJ132)

ISBN 2-89021-696-9

I. Poulin, Stéphane. II. Titre. III. Collection.

PS8555.O767F67 2004   jC843'.54   C2003-942241-0
PS9555.O767F67 2004

À Claire,
dame de mes pensées, compagne de vie,
voici la suite de mon histoire...

Chapitre I
La morsure

Robin des Bois et ses Joyeux Compagnons nous encerclaient.

À la lueur surnaturelle qui rayonnait de leurs visages, leurs crocs scintillaient. Une bave épaisse coulait sur leurs mentons.

Le plus effroyable, c'étaient leurs yeux.

Brûlants comme des tisons dans la nuit noire.

Ils me fixaient sans ciller et leur cruauté me perçait le coeur.

Le regard d'un vampire contient toute la méchanceté du monde. Quand il se pose sur vous, le courage et l'espoir ne sont plus que des mots.

Je songeais à m'enfuir, mais à quoi bon? Rien ne peut échapper à un vampire en chasse. Je le savais: j'avais déjà affronté de pareils monstres auparavant.

Le bon vieux don Quichotte restait impassible à mes côtés. Héros de sa propre imagination, il croyait avoir tout vu. La vérité, c'est qu'il ne connaissait rien aux vampires.

— Ainsi, ces créatures voudraient boire notre sang! J'en déduis qu'elles appartiennent à la famille des goules, des lamies, des striges et des empuses. Fort bien! Toute ma vie, j'ai attendu l'occasion de passer un hématophage au fil de l'épée!

— Quelle tristesse! a ricané Robin des Bois. Tu ne vivras pas assez longtemps pour réaliser ton voeu!

— Pardonnez-moi, est intervenu le Frère Tuck. Je crois que nous nous apprêtons à commettre une irréparable bêtise.

— La bêtise serait de t'écouter! a hurlé Lady Marianne en bondissant sur moi.

Tuck l'a rattrapée, mais elle s'est débarrassée de lui d'un coup de griffes.

— Qu'as-tu à nous dire? a tranché Robin.

Tandis qu'un grognement d'impatience parcourait le groupe, l'ancien moine s'est expliqué:

— Vous vous rappelez notre hôte de l'année dernière? Nous nous sommes jetés sur lui comme des gloutons. En moins de cinq minutes, il était vide. Quel gaspillage! Si nous l'avions économisé un peu, il vivrait encore. Et chaque jour, nous aurions eu droit à une ration de beau sang frais!

Les objections fusaient. Après un moment de réflexion, Robin des Bois a poussé un soupir:

— Tuck a raison. La famine nous oblige à rationner notre nourriture. Cette nuit, un seul d'entre nous apaisera sa faim. Privilège qui me revient, bien sûr, en ma qualité de chef.

Il a levé les mains au-dessus de sa tête. Non seulement cette pose l'agrandissait, mais elle dévoilait les grandes ailes de chauve-souris rattachées à ses bras.

Il a plongé ses yeux dans les miens. J'ai voulu crier, mais la puissance de son regard avait anéanti ma volonté. Je n'avais plus aucun moyen de défense. Il m'avait transformé en objet qu'il manipulerait à sa guise. Comble de l'horreur: je conservais ma lucidité et j'assistais, impuissant, à ma propre destruction.

— Arrière, face de carnaval! s'est écrié don Quichotte. Bas les pattes, démon grand-guignolesque! Personne ne malmènera mon écuyer tant que je serai là pour le défendre!

Tirant son épée du fourreau, il s'est interposé entre le vampire et moi:

— Disparaissez de ma vue! Votre ignoble présence est une insulte à la chevalerie! Ah! cette fourberie dans vos yeux! Ah! cette laideur dans vos traits! De plus, vous dégagez une puanteur qui ferait reculer une horde de mouffettes!

Une grosse main s'est abattue sur son épaule et le vieillard est tombé, face contre terre. Petit-Jean a posé le pied sur sa victime évanouie.

De nouveau, Robin s'est penché sur moi.

Son visage n'avait plus rien d'humain. Des poils bruns en couvraient la surface. Ses yeux, très écartés, étaient réduits à deux points rouges. Un museau remplaçait son nez. Sa gueule ouverte montrait des dents aussi coupantes qu'un rasoir.

Un hurlement est monté dans ma gorge, aussitôt réprimé par le regard hypnotique du monstre.

Les rires éclataient de toutes parts pendant que Robin déployait ses ailes noires. Il m'a attiré contre sa poitrine avant de refermer ses bras autour de mon corps. Son museau humide et froid a glissé le long

de ma joue. J'ai eu la sensation que des aiguilles s'enfonçaient dans mon cou et m'injectaient une sorte d'acide brûlant.

La douleur et le désespoir m'ont ter-rassé. Peut-être ai-je perdu conscience durant quelques secondes. Lorsque j'ai rouvert les yeux, le vampire retirait ses dents de ma chair.

Ses poils et son museau avaient disparu. Même les rides et les cernes avaient quitté son visage. Toutefois, la lueur surnaturelle de sa figure brillait avec une intensité accrue.

Je ne percevais tout cela qu'à travers un brouillard. Mes sens étaient engourdis. Ma pensée ballottait. Mes jambes flageolaient.

De ce qui s'est passé ensuite, je conserve peu de souvenirs: une fosse où l'on m'a fait descendre, don Quichotte étendu sur le sol, l'odeur de moisissure, mon évanouissement…

* * *

Un contact sur mon front m'a ramené à la conscience.

Tout était noir autour de moi. En voulant repousser ce qui m'effleurait, j'ai rencontré une main, longue et osseuse.

— C'est moi, a murmuré don Quichotte. Les hématophages t'ont mis dans un piteux état! Comment te sens-tu?

Je me suis redressé sur un coude. La tête me tournait. Mais j'étais bien content de retrouver mon compagnon en vie.

— Ne t'agite pas trop. Ta vilaine plaie n'est pas refermée.

Toute la partie gauche de mon cou m'élançait. J'ai touché la blessure du bout des doigts. Ses contours étaient enflés et un filet de sang s'en échappait.

— Où sommes-nous?

— Dans un sépulcre. Je n'y vois pas mieux que toi dans les ténèbres. Mais, en tâtonnant, j'ai découvert des cercueils là-bas, au fond. C'est ici que Robin et sa bande déposent leurs morts, je présume.

Il se trompait. J'étais convaincu que ces cercueils ne renfermaient aucun cadavre. Ils servaient plutôt de couchettes aux morts-vivants dont nous étions les prisonniers.

Au-dessus de nos têtes, quelqu'un a soulevé une trappe. Deux visages luisants sont apparus dans l'embrasure.

Lady Marianne est descendue par une échelle, suivie de Petit-Jean.

— Tu dois te nourrir, a dit la femme en me tendant une casserole. Sinon, tu dépériras et ton sang rouge si nutritif ne vaudra plus rien.

— Je n'ai pas faim.

— Oh si! On a toujours faim après avoir été mordu! Si tu ne le fais pas pour toi, fais-le pour nous. Tu as une grande responsabilité, la survie de vingt malheureux vampires dépend de toi! Allez! Ne sois pas égoïste!

Elle m'a plaqué le récipient sous le nez. En retrouvant le «civet froid» qu'elle avait déjà tenté de nous refiler, j'ai eu un haut-le-coeur. Non, merci. Son ragoût de fourmis, de vers de terre, d'araignées et de chenilles ne me disait vraiment rien.

— Ah! monsieur fait le difficile! a grondé Petit-Jean. Monsieur s'imagine que ça nous amuse de venir le gaver quand nous crevons de faim!

Un ogre. Voilà à quoi cet individu me faisait songer. En dépit de son nom, Petit-Jean mesurait plus de deux mètres et devait peser dans les cent vingt kilos.

Je n'étais pas en état de discuter, encore moins de subir les foudres du colosse. Mais avaler la mixture de Marianne dépassait mon bon vouloir.

La main gauche de Petit-Jean a agrippé

le cou de don Quichotte. Une seconde plus tard, les yeux de mon ami lui sortaient de la tête. Il agitait bras et jambes avec frénésie, sans que ses efforts servent à quelque chose.

— Si tu veux sauver la vie du vieil épouvantail, mange!

— Vous ne le tuerez pas. Vous avez besoin de son sang autant que du mien.

— Ce bouc efflanqué? s'est esclaffée Marianne. Je ne prendrais même pas son sang pour en faire du boudin!

Le risque était trop grand. S'il arrivait quoi que ce soit à don Quichotte, je le regretterais toute ma vie. J'ai pigé une bestiole et je l'ai rapprochée de ma bouche.

— Je ne mangerai rien tant que vous ne le lâcherez pas.

Un affreux sourire a fendu le visage de Petit-Jean. Il a desserré son étreinte. D'une voix rauque, mon compagnon m'a lancé:

— Ne cède pas! Un preux chevalier ne s'incline jamais, sauf pour baiser les pieds de sa dame!

J'ai tenté d'avaler l'insecte tout rond, comme une pilule. Mais la petite bête avait de nombreuses pattes qui se coinçaient au fond de ma gorge.

Ma nausée a fini par s'en aller et le sale truc a trouvé sa route le long de mon oesophage.

— Une bouchée ne suffit pas! a beuglé Marianne. Avale-moi cette grosse araignéelà, celle qui grouille encore. Les araignées contiennent beaucoup de fer.

Toujours immobilisé par le colosse, don Quichotte vociférait:

— Barbares! Harpies! Tyrans! Soiffards! On m'avait dit que Robin des Bois protégeait les miséreux! Qu'il volait les riches pour donner aux pauvres! Mensonges! Fadaises! Rumeurs trompeuses!

— Toi, le pédant, a rétorqué Marianne, ferme-la! Qui sont les pauvres et les riches, ici? Nous autres, nous souffrons de la faim depuis des lustres. Toi et le petit, vous êtes remplis de sang à ras bord! De sang, la plus précieuse des richesses!

Quand j'ai demandé à boire, elle m'a répondu qu'il n'y avait pas d'eau dans le camp. J'oubliais que les vampires craignaient l'eau, bénite ou non.

Chapitre II
Les germes
du vampirisme

— Écoute, Maxime! On dirait des sanglots!

— C'est moi qui pleure, monsieur don Quichotte.

Je l'ai entendu se lever et marcher vers moi.

— Toi! Le plus vaillant écuyer de toute l'histoire de la chevalerie errante! Mais quelle est cette peine qui t'afflige? N'es-tu pas fier et heureux de vivre cette aventure en ma compagnie?

— C'est parce que vous ne savez pas… Quand on est mordu plusieurs fois par un vampire, on finit par devenir un vampire soi-même! Depuis la morsure de Robin, je suis *contaminé*! Ensuite, ce sera votre tour!

— Donc, nous ne sommes pas seulement condamnés à leur servir de nourriture. Si aucun fait miraculeux ne se produit, nous nous transformerons peu à peu en hématophages. C'est bien cela? Hum… Vue sous cet angle, la situation m'apparaît très sérieuse, en effet.

Un silence angoissé a suivi. Don Quichotte arpentait le caveau, plongé dans ses réflexions.

— Eurêka! a-t-il lancé soudain. Aux grands maux les grands remèdes! Nous appellerons Merlin à notre secours!

— Merlin? Vous m'avez dit qu'il était enfermé dans la Tour de Verre! Que Viviane l'avait paralysé!

— L'Enchanteur conserve néanmoins la faculté d'intervenir *à distance*. Ce pouvoir est limité, cela va de soi. J'ignore s'il suffira à nous sauver. Appelons-le, nous verrons bien.

J'ai acquiescé sans conviction:

— Comment fait-on pour communiquer avec Merlin?

— On prie! a répondu gravement mon compagnon. Prier, tu connais cela, bien entendu?

— En théorie. Mais en ce qui concerne la pratique… euh…

— Ça va, j'ai compris. Encore une chose que je devrai t'apprendre! Palsambleu! Et tu fréquentes une école! Que t'enseignet-on dans ce haut lieu du savoir? À bayer aux corneilles? À te curer le nez? À marcher sur les mains?

Poussant sur mes épaules, il m'a forcé à m'agenouiller.

— En premier lieu, la prière exige le recueillement. Es-tu capable, Maxime, de te recueillir?

— Je le suppose… si vous m'expliquez la méthode.

Après un soupir d'impatience, il a passé la main sur mon visage, m'obligeant ainsi à fermer les paupières.

— Oublie les idées frivoles qui occupent ton esprit, a-t-il dit lentement. Regarde à l'intérieur de toi et ne pense à rien.

Je suivais ses instructions à la lettre, en y mettant toute ma ferveur.

— À présent, a-t-il continué, il faut *élever ton âme*! Imagine-toi que tu délaisses ton enveloppe charnelle pour accéder à un niveau supérieur d'existence.

L'exercice me paraissait compliqué. Aussitôt que j'arrivais à un minimum de concentration, quelque chose me distrayait: ma douleur au cou, un étourdissement, une brusque envie de dormir…

À la longue, cependant, la gravité de notre situation m'a fait oublier le reste. Rien n'aurait plus jamais la moindre importance si nous devenions des vampires. Seul Merlin pouvait nous sauver. Mais d'abord, il fallait entrer en contact avec lui. Pour y parvenir, je devais *l'appeler*. L'appeler de toutes mes forces!

On aurait dit que je rêvais. Avais-je quitté mon corps ou était-ce pure imagination? Deux silhouettes bougeaient devant moi, entourées d'une sorte de vapeur. Quand la brume s'est dissipée, j'ai reconnu mes parents.

Hugo et Prune étaient en pleine discussion. Peut-être se disputaient-ils. Maman, les yeux rougis, poussait des cris et agitait les mains. Papa essayait de la consoler en lui parlant avec douceur.

J'étais le sujet de leur conversation: la police me cherchait en vain depuis des heures. Ils craignaient un enlèvement ou, pire, un assassinat.

Je voulais leur signaler ma présence, mais comment faire? Entre eux et moi, entre leur monde et celui où j'étais prisonnier, la communication était impossible.

J'ai rebroussé chemin, le coeur en compote.

Des millions d'arbres se dressaient autour de moi, sombres, rébarbatifs. Ils étaient ma prison en même temps que mes geôliers.

Trouver Merlin… Mais dans quelle direction porter ma recherche? Elle était si vaste, cette Forêt aux Mille et Un Périls!

Un rayon de soleil a percé le feuillage. Sur cette coulée de lumière, quelque chose glissait en zigzaguant. Cela se rapprochait. Enfin, j'ai constaté qu'il s'agissait d'un oiseau, avec de longues ailes et une queue très large.

Rendu tout près, au lieu de s'immobiliser, il a «plongé» en moi, comme si j'étais une substance liquide ou gazeuse.

Soudain, nous ne faisions plus qu'un. J'étais en lui, ou lui en moi, peu importait. Je voyais par ses yeux, et lui par les miens.

Nous partagions aussi le même but…

Gagner le camp de Robin des Bois. Descendre dans la fosse où croupissaient don Quichotte et Maxime…

Maxime, c'était moi…

Réintégrer mon corps… Revenir… Revenir…

Mes paupières se sont ouvertes.

L'oiseau m'observait, posé sur une table laissée par Marianne. Des pattes frêles aux énormes griffes, un petit bec courbe, des yeux fixes et perçants. Il trônait avec l'autorité d'un roi qui ne craint rien ni personne.

— *Falco columbarius*, a déclaré don Quichotte. Communément appelé faucon ou merlin! Nous avons réussi, Maxime!

L'émerveillement m'a empêché de réagir tout de suite. Un détail peu banal rehaussait ma fascination: dans la fosse, une lumière diffuse avait remplacé les ténèbres.

— Comment est-il parvenu à traverser le plafond? ai-je demandé.

— Je n'en ai pas la moindre idée. Quand j'ai ouvert les yeux, il était là.

S'approchant avec respect de l'oiseau, le vieillard a dit:

— Seigneur Merlin! Pardonnez au plus misérable des chevaliers errants et au plus malhabile des écuyers d'avoir ainsi l'audace de solliciter votre aide.

Un stupéfiant phénomène s'est alors produit: le faucon a répondu! Cependant, au lieu de passer par nos oreilles, sa réponse a retenti directement dans nos cerveaux! Bref, il communiquait par télépathie!

— *Je n'ai pas le temps pour les formules de politesse. Notre contact sera bref.*

L'oiseau a planté son regard dans le mien.

— *Hélas! Maxime, je ne puis rien faire pour te secourir. En m'enserrant dans la Tour de Verre, Viviane a rendu inopérants la quasi-totalité de mes pouvoirs. L'aide que vous pouvez m'apporter est bien supérieure à celle que je puis vous fournir.*

— C'est affreux! Ça signifie que nous sommes condamnés au vampirisme!

— *Le désespoir n'est jamais une option, Maxime. La solution que tu cherches se trouve en toi.*

— Mais je ne suis pas comme vous! Je n'ai aucun don, moi!

— *Par contre, tu as le savoir. Les vampires, tu les connais. Tu sais comment les combattre et comment te guérir de leur morsure.*

Il disait vrai. Mais pour mettre mes connaissances en pratique, il me fallait un matériel impossible à trouver dans ce caveau.

Le faucon s'est déplacé, dévoilant un objet qu'il avait tenu entre ses griffes. J'ai marché jusqu'à la table.

Son offrande se composait de tiges entrelacées, ornées d'une demi-douzaine de bulbes blancs.

— *Allium sativum!* s'est exclamé don

Quichotte. De l'ail! À quoi pourrait bien nous servir ce légume nauséabond?

— D'antidote! Il nous servira d'antidote!

— Tu en es sûr? Et sous quelle forme l'utilise-t-on? Cataplasme? Pommade? Bain de pieds?

— Non. Le meilleur moyen, c'est de le manger.

Le vieillard a tressailli aussi fort que si on lui avait botté le derrière:

— Avaler cette plante infecte! Quel geste malséant, hideux et répugnant!

Sans commentaire, j'ai reporté mon attention sur l'oiseau.

— Merci… qui que vous soyez.

— *Je comprends tes doutes à mon égard. Ton aventure ne fait que commencer, Maxime. Avant d'atteindre ton but, tu seras témoin de bien d'autres fantasmagories. Il faut du temps pour connaître sa destinée. Tes yeux finiront par s'ouvrir et un soleil nouveau illuminera ton coeur.*

Je lui ai posé la question qui me chicotait depuis un moment:

— Robin et sa bande étaient humains avant d'entrer dans cette forêt, n'est-ce pas? C'est ici qu'ils ont été mordus. Qui a fait ça? Qui les a transformés en vampires?

Il y a eu un silence qui ressemblait à une hésitation. Puis le faucon a répondu:

— *La Belle Dame sans Merci, qui d'autre? Parfois, Viviane revient rôder dans cette forêt. Si alors elle rencontre quelque aventurier perdu, elle s'amuse à lui infliger l'un de ses maléfices!*

— La Belle Dame sans Merci! a répété don Quichotte. Cette femme serait donc aussi ravissante qu'on le proclame?

Pris d'une soudaine agitation, l'oiseau s'est tourné vers lui:

— *Viviane n'est pas une femme! Elle n'est même pas un être de chair et de sang!... Mais le temps me manque. Si vous arrivez jusqu'à moi, je vous dirai tout. N'oubliez pas que je compte sur vous deux! Vous êtes mon dernier espoir!*

Il s'est élevé en battant des ailes, de plus en plus vite. Ses contours se dissipaient. Au bout d'un instant, il a disparu, et la lumière avec lui.

Une étrange pensée accompagnait mon nouvel espoir de guérison. La familiarité de Merlin m'indiquait que nous nous connaissions, que nous nous étions déjà rencontrés.

C'était impossible, évidemment. Dans quelles circonstances un garçon ordinaire comme moi aurait-il pu entrer en relation avec ce magicien légendaire?

Chapitre III
La lumière
et le feu

Ce que j'avais à réaliser m'épouvantait. Une fois l'ail ingurgité, comment réagirait mon organisme? La seule chose prévisible, c'était qu'un combat ferait rage à l'intérieur de mon corps. D'un côté: les germes du vampirisme que Robin des Bois m'avait inoculés. De l'autre: un antidote à l'efficacité incertaine.

Qui dit combat dit souffrance, et la souffrance entraîne souvent la mort.

Mais je n'avais pas le choix. Devenir un vampire, comme Robin et ses pareils? Appartenir au monde des ténèbres? Agir en prédateur? Boire le sang des humains pour assurer ma survie?

Jamais! Tout plutôt que cette horreur!

Conscient de faire un geste d'une importance capitale, j'ai mangé deux bulbes d'ail au complet.

* * *

Comment décrire l'enfer que j'ai vécu ensuite?

Cela a duré une grande partie de la nuit, c'est-à-dire plusieurs heures. Car, dans la Forêt aux Mille et Un Périls, le temps s'écoulait avec une lenteur infinie.

Au départ, j'ai eu droit à un délai: il fallait bien que les gousses d'ail descendent jusqu'à mon estomac.

Puis la tempête a débuté.

La fièvre, d'abord. Une fièvre méchante, d'une violence inouïe, aussi dévastatrice qu'une salve de coups de poing. Assommé, réduit à la plus totale impuissance, je passais sans répit du chaud au froid, du froid au chaud. Soit je brûlais tandis que la sueur jaillissait de tous mes pores. Soit je grelottais en claquant des dents, comme si mon corps était couvert de glace.

Lorsque j'ai commencé à vomir, il m'a semblé que cela ne finirait jamais. Mon estomac, même vide, persistait à se débattre, comme s'il voulait sortir par ma bouche. Mes intestins se révoltaient eux aussi, se tortillant dans mon ventre tels des serpents de feu.

Don Quichotte faisait de son mieux pour atténuer les dégâts que je causais et pour alléger mes souffrances. Mais l'exploit était au-dessus de ses forces, lui qui pourtant se croyait invincible.

Le pauvre a dû me trouver bien ingrat lorsque la démence et la rage se sont emparées de moi. À cette étape du processus, le poison vampirique dominait seul mon esprit.

Je n'étais plus moi-même. Soudain affamé, j'éprouvais l'envie de me jeter sur le vieillard et d'enfoncer mes dents dans son cou. Je l'aurais fait, c'est certain, sans cette immense faiblesse qui me clouait au sol.

Frustré de ne pouvoir assouvir mes instincts, j'accablais d'insultes le chevalier qui m'inspirait une haine mortelle. Je grognais, je crachais, je tentais de le griffer. Après coup, il m'a raconté que mes canines s'allongeaient en ces occasions et que mes yeux se teintaient de rouge.

Enfin, la tourmente s'est retirée peu à peu et j'ai retrouvé ma conscience, morceau par morceau.

La joie d'être en vie me mettait les larmes aux yeux. Quand j'ai vu le regard attendri de don Quichotte, j'ai carrément éclaté en sanglots.

Ma faiblesse était telle que j'avais l'impression de ne plus avoir de corps.

Je me suis évanoui.

* * *

J'ai vécu mon réveil comme une renaissance.

La plaie à mon cou ne saignait plus. Preuve ultime de ma guérison: la morsure commençait à se cicatriser.

— L'*Allium sativum* a remporté le combat! m'a dit don Quichotte avec un grand sourire.

J'ai souri, moi aussi. J'étais heureux. Bien qu'affaibli, je ressentais une euphorie intense qui me poussait à l'action.

Tu connais les vampires, m'avait rappelé Merlin. *Tu sais comment les combattre.*

J'ai pris la direction des opérations.

À l'extérieur, le jour ne tarderait pas à se lever. Les vampires seraient alors contraints de fuir la lumière. Ils se réfugieraient au fond du caveau pour s'allonger dans leurs cercueils jusqu'au prochain crépuscule. Ainsi faisait cette race maudite depuis qu'elle existait.

À partir des bulbes d'ail restants, nous avons fabriqué deux colliers.

Les pieds de la table, démantibulée par mon compagnon, se sont métamorphosés en armes. Deux d'entre eux serviraient de pieux. Les deux autres, noués en leur centre, ont donné un crucifix.

* * *

Un grincement, au-dessus de nos têtes, a été le signal.

Je me suis redressé d'un bond, le souffle court, angoissé jusqu'à la moelle. D'une main, j'étreignais mon pieu. De l'autre, je tenais le crucifix. Les deux objets tremblotaient autant que moi.

— Courage, m'a glissé le vieillard. Vaincre ou mourir, qu'importe. La gloire du combat sera notre récompense.

Une lueur sans force est tombée du plafond. La trappe s'ouvrait. Une échelle s'est plantée dans le sol. Des jambes sont apparues.

— Comment allez-vous, mes tendres agneaux? a questionné le Frère Tuck. Mes compagnons d'infortune ne vous ont pas trop maltraités? Si oui, soyez charitables et pardonnez-leur. Ils manquent tellement d'éducation!

Son discours s'est arrêté dès qu'il a touché le sol. Nez à nez avec le crucifix, Tuck a reculé en titubant. Son dos est entré en contact avec don Quichotte et il a fait volte-face.

Désirant partir au plus vite, nous n'avions nulle intention de le tourmenter. Mais lorsque l'odeur d'ail a assailli ses narines, il a réagi par un réflexe d'ancien moine:

— *Au nom du Père et du Fils et du Saint-Esprit!* a-t-il balbutié en faisant un signe de croix.

Paroles fatales pour un vampire. Au même instant, sa langue a pris feu, transformant sa bouche en lance-flammes. Don Quichotte en a profité pour allumer une guenille qu'il a vite enroulée autour d'un morceau de bois. Maintenant, nous disposions d'une torche.

Un trou était apparu sur le front du Frère Tuck, d'où s'écoulait une poussière noire. Bientôt, il n'est plus resté de lui qu'une pellicule de cendres répandue sur le plancher.

— Dieu ait son âme! a dit don Quichotte.

— Les vampires n'ont pas d'âme, ai-je répondu pour me convaincre moi-même. J'ai pris le flambeau des mains de mon compagnon, puis j'ai gravi l'échelle. En débouchant au-dehors, je me suis heurté à des ennemis qui s'apprêtaient à descendre.

Ils n'osaient plus faire un geste. Entre eux et leur refuge, la torche s'imposait comme un obstacle insurmontable.

Les vampires craignent le feu, car le feu est lumière. Pour une créature des ténèbres, la lumière est la mort.

J'ai agité le flambeau dans leur direction. Affolés, ils se sont mis à courir pêle-mêle. Don Quichotte est sorti à son tour de la fosse.

— La voie est libre! lui ai-je annoncé. Partons vite!

— Sur mon honneur, il est hors de question de quitter ce lieu sans Rossinante, mon vaillant cheval!

Un cor a sonné, une fois, deux fois, trois fois. Averti par les fuyards, Robin des Bois rassemblait sa troupe!

— Rossinante? ai-je demandé à mon compagnon. Au moins, savez-vous où il est?

— Non. À notre arrivée, l'un de ces brigands s'est occupé de lui.

Les huttes s'étaient vidées en un clin d'oeil. Les Joyeux Compagnons finissaient de se regrouper pour nous barrer la route.

— Rossinante! s'égosillait le vieillard. Ici, Rossinante! Nous partons pour une nouvelle aventure!

À tour de rôle, l'un ou l'autre des vampires se détachait du groupe pour foncer vers nous en rugissant et en nous menaçant de ses griffes. Lorsque l'assaillant se montrait trop audacieux, mon flambeau et ma croix le forçaient vite à reculer. Cette manoeuvre m'obligeait à une vigilance de chaque instant.

Notre position était intenable. Tôt ou tard, la force du nombre jouerait contre nous et ce serait la fin.

Le suivant à nous harceler était Petit-Jean. À l'opposé de ses comparses, toutefois, il s'est rapproché de nous dans le plus grand calme. Un sourire sadique retroussait ses lèvres rouges.

Une telle assurance m'enlevait tous mes moyens. À tort ou à raison, j'avais la certitude que ni le feu, ni le crucifix, ni l'ail ne parviendraient à l'effrayer.

Cloué sur place, je me contentais de le suivre des yeux. Mes armes me semblaient ridicules au bout de mes bras raidis.

Stimulés par mon inaction, les autres vampires ont suivi l'exemple de Petit-Jean. Si cela continuait, je me verrais contraint de les affronter tous en même temps.

Un hennissement s'est fait entendre. Puis le bruit d'une galopade a dominé les grognements de nos adversaires. À la stupeur générale, Rossinante est apparu, écume à la bouche, naseaux fumants. Les vampires qui se trouvaient sur son chemin se sont dispersés.

La lance de don Quichotte avait été sanglée à l'horizontale, le long du flanc gauche de la bête. Sa pointe brisée, dirigée vers l'avant, dépassait le museau du cheval d'un demi-mètre. C'était comme si un long pieu de bois à quatre pattes fonçait sur les monstres.

Petit-Jean était en plein dans la trajectoire de Rossinante, qui ne ralentissait pas.

L'animal ne s'est arrêté qu'après la collision. Petit-Jean, à peine ébranlé par le choc, a ouvert la bouche. J'ai cru qu'il voulait injurier la bête. Mais il n'a rien dit, baissant plutôt les yeux sur le bout de bois qui lui transperçait la poitrine.

Son corps s'est éparpillé sur le sol en

un million de parcelles aussi légères que des flocons.

La charge de Rossinante avait provoqué un formidable désordre chez les Joyeux Compagnons. Nous en avons profité pour grimper sur son dos.

— Allez, Rossinante! ai-je crié. Décampe! Vite!

Mais Robin des Bois n'avait pas dit son dernier mot. Planté à l'entrée du camp, le chef des démons nous bloquait le passage. Pire encore: bandant son arc, il pointait une flèche dans notre direction.

— C'est le plus habile archer de tous les temps, m'a rappelé don Quichotte. Si nous continuons, il ne nous manquera pas!

— Avez-vous un plan de rechange? Moi non plus! Alors, on fonce!

La distance diminuait rapidement entre le vampire et nous. Sa flèche fendrait l'air d'un instant à l'autre.

Au bout de mon bras, la torche brûlait toujours. Je l'ai lancée sur notre ennemi.

Elle a atteint Robin des Bois à la poitrine. Aussitôt, ses haillons se sont enflammés et il a lâché son arc. En un geste de colère, il a écarté les bras, déployant du même coup ses ailes de chauve-souris.

Il est resté figé tandis que les flammes le dévoraient. Son cri de souffrance et de désespoir a retenti derrière nous durant de longues secondes.

Chapitre IV
Les arbres
à énigmes

Au sortir du camp de Robin, nous n'avions aucune idée de la direction à prendre. Il nous a fallu errer longtemps parmi les arbres pour retrouver notre sentier, celui que nous suivions avant de rencontrer les vampires.

— Nous y voilà enfin! J'étais sûr que mes vieilles pattes ne tiendraient pas le coup!

La voix de don Quichotte avait changé. Aiguë, nasillarde, on aurait dit celle d'un clown dans un cirque de bas étage.

— Vos «vieilles pattes»? lui ai-je demandé. Elles vous font mal ou quoi?

— Pas du tout! D'ailleurs, je te croyais la source de ces étonnants propos!

— Vous vous trompez! reprit la voix aiguë. C'est moi qui ai parlé! Regardez par ici!

Cette fois, tournés l'un vers l'autre, nous avons bien vu que nos lèvres demeuraient fermées. J'ai jeté un regard inquiet aux alentours: la piste était déserte dans les deux directions.

Comme nous mettions pied à terre, la drôle de voix a retenti de nouveau:

— Merci de tout mon coeur! Deux gentilshommes sur ma maigre échine, c'était un peu lourd, ne vous en déplaise!

Celui qui avait parlé était nul autre que Rossinante! J'avais bel et bien vu ses «lèvres» articuler devant moi chacun des mots!

Blême de stupeur, don Quichotte s'est élancé vers son cheval:

— Rossinante? Ai-je la berlue ou es-tu réellement doté du pouvoir de la parole?

— J'en suis le premier surpris, a répondu l'animal. Êtes-vous fâché, mon maître? Me garderez-vous quand même et m'aimerez-vous comme avant?

— Cela dépend des paroles qui sortiront de ta bouche. Ne t'avise pas de me critiquer ou de m'abaisser devant mon jeune ami, parce qu'alors…

— Oh! je ne ferais jamais ça, mon seigneur! Vous le savez bien! Vous me connaissez depuis si longtemps!

— Bon! Voilà qui est réglé! Mais depuis quand parles-tu?

— De mémoire de cheval, ça ne m'était jamais arrivé avant tout à l'heure.

— Hum… hum… Tout bien considéré, nous devrons désormais te traiter en égal. S'il nous arrivait d'agir autrement, n'hésite pas à nous rappeler à l'ordre.

— Mon maître adoré est beaucoup trop bon! Mais je ferai comme il a dit. S'il tire trop fort sur ma bride, par exemple, ou si ses éperons me font mal, je me plaindrai. Vous êtes content?

En ce qui me concernait, j'étais trop ébahi pour me mêler à la conversation.

Robin des Bois et ses Joyeux Compagnons ne représentaient plus un danger immédiat. Néanmoins, la prudence nous dictait de mettre le plus d'espace possible entre eux et nous.

Sans tarder, nous avons poursuivi notre route.

L'euphorie éprouvée à la suite de ma guérison était chose du passé. Une grande fatigue pesait sur moi, résultat inévitable des tumultes de la nuit.

Avec la fatigue venait la lassitude.

Nous avions échappé à une meute de vampires, et puis après? Combien d'épreuves nous restait-il encore à subir avant d'atteindre notre but?

Si j'avais accepté cette mission imposée par le destin, c'était à contrecoeur. Au fond de moi, je ne demandais rien d'autre que de quitter à jamais cette forêt abominable.

Par malheur, il n'existait qu'une manière de réaliser mon souhait: libérer Merlin de la Tour de Verre, où Viviane l'avait enfermé.

Nous n'avions aucune idée de l'endroit où s'élevait la prison, ni de la distance à parcourir avant de la trouver. Il nous fallait suivre ce sentier, voilà tout ce que nous savions.

Pendant que don Quichotte refaisait connaissance avec son vieil ami, je me demandais en silence où était passé mon courage.

* * *

Quelques kilomètres plus loin, le sentier s'arrêtait net, fermé soudain par un bosquet de chênes.

L'obstacle était infranchissable. Ces grands arbres avaient des troncs aussi massifs que des colonnes. Leurs branches innombrables s'enroulaient les unes autour des autres comme les maillons d'une clôture.

Tenter de les contourner était inutile: des buissons épineux obstruaient les deux bords de la piste.

Un mouvement au-dessus de nos têtes nous a fait tressaillir. À quelques mètres du sol, une sorte de panneau venait d'apparaître, bientôt suivi par un deuxième, puis un troisième. Chacun d'eux était relié à un chêne par un ruban étroit, de la même façon qu'une bulle de BD est reliée à un personnage.

— Des phylactères, a murmuré don Quichotte. Les artisans de jadis en brodaient de semblables dans leurs tapisseries.

Des mots se sont inscrits sur les trois panneaux, les mêmes sur chacun. La forme des caractères rappelait celle de ceux que l'on voit parfois gravés sur d'anciens monuments.

Le texte disait:

VOSTRE CHOIX EST À FAIRE ENTRE CEST TREIS SENTIERS.

MAIS IL CONVIENT D'ABORD, AVANT QUE
D'AVANCER,
DE SOUDRE UNE SULE AINIGME PARMI LES
TREIS BAILLÉES.

48

LA SOLUTION D'ICELLE VOUS FERA CONTINUER.

— Y comprenez-vous quelque chose? ai-je demandé à mon compagnon.

Un sourire de supériorité a déridé son visage:

— Comme tu le sais, mon esprit possède la précision et la finesse d'un bistouri. Déchiffrer ce quatrain écrit en langue ancienne s'apparente pour moi à un jeu d'enfant.

— Hourra! s'est écrié Rossinante. Allez-y, mon maître! Montrez-nous de quoi votre cervelle est capable!

— Les phylactères sont rattachés à trois chênes distincts. Un nouveau sentier s'amorce derrière chacun de ces arbres. Si nous acceptons l'épreuve, trois énigmes nous seront posées. Nous devrons en choisir une. La bonne réponse nous donnera accès au sentier correspondant.

— Et si nous n'avons pas la bonne réponse?

L'éclaircissement est venu des phylactères, où un nouveau texte est apparu, effaçant le précédent:

SI LA RESPONSE DONNÉE SE MONSTRE
FAUSSETÉ,

LA MORT VIENDRA VOUS PRENDRE, MAR-
TIRIANT LES PIEDS,

VOUS ENGOUFLANT SOZ TERRE ET VOUS
FAISANT USLER

EN LES FOUS DE L'ENFERN ALORS RÉ-
COMPENSÉS.

— En cas de mauvaise réponse, a traduit don Quichotte, la terre s'ouvrira sous
nos pieds. Nous tomberons dans un gouffre
au fond duquel brûlent les feux de l'enfer!… Tu admettras avec moi que nous
avons intérêt à bien choisir notre énigme.

— Nous pourrions refuser l'épreuve!
Retourner sur nos pas et chercher une
piste plus sûre!

— La bonne idée! a approuvé Rossinante. Je suis tout à fait d'accord avec le
garçon!

— Nous n'avons pas sollicité ton avis!
l'a rabroué le vieillard. Quant à toi,
Maxime, ta proposition me déçoit. N'as-tu
pas encore compris qu'une seule et unique
route aboutissait à la Tour de Verre?

Sans attendre, il s'est adressé aux
chênes:

— Présentez-nous vos trois énigmes. Nous sommes prêts à les recevoir.

Le texte s'est évaporé. Un message plus court a pris sa place, mais seulement dans le premier phylactère. Les deux autres sont restés vides.

Traduite par le chevalier, la question donnait ceci:

QUEL EST LE TREIZIÈME TRAVAIL D'HERCULE?

— Par tous les dieux du ciel! a-t-il fulminé. Cet arbre se moque de nous!

Pour ma part, cette question était incompréhensible. Sauf l'allusion à Hercule, je ne voyais même pas de quoi elle parlait. Mais pourquoi mon compagnon se sentait-il insulté?

Main sur l'épée, il regardait le chêne de travers.

— Les travaux d'Hercule! a-t-il rugi. Ces impossibles tâches que lui imposa Eurysthée, son ignoble cousin! Je puis les raconter les doigts dans le nez, l'un après l'autre, et avec mille détails! Je dirais comment Hercule captura la biche aux pieds d'airain de Cérynie! Je décrirais les fleuves Alphée et Pénée, détournés vers les immondes étables du roi Augias! Je narrerais la descente d'Hercule aux Enfers, ses combats contre Cerbère, contre le taureau de l'île de Crète et contre le lion de Némée!

— Puisque vous savez tout sur Hercule, l'ai-je questionné, où est le problème?

— Ah! comme j'envie parfois ta crédulité! Le problème, c'est que le demi-dieu Hercule a accompli *douze* travaux! Je dis bien: *douze*! Et non pas *treize*!

Il s'est tu, la bouche amère et l'oeil en feu.

En conclusion, cette première énigme était sans réponse. L'épreuve ressemblait déjà à un piège.

Chapitre V
Le nom imprononçable

— Question suivante! a grogné don Quichotte, plus méfiant que jamais.

La deuxième énigme est apparue dans le second phylactère, ainsi formulée:

QU'EST-CE QUE LE GRAAL?

— Tonnerre de Dieu! a hurlé le vieillard en gigotant sur place. Ils le font exprès! Le Graal! Qu'est-ce que le Graal, en effet? Ah! la vilaine question!

Je me contentais de le regarder, aussi abasourdi par sa réaction que par l'énigme elle-même.

— Le Graal, m'a-t-il expliqué, c'est le calice dans lequel Joseph d'Arimathie recueillit le sang du Christ après la Crucifixion. Désirant soustraire l'objet à la convoitise des hommes, Joseph l'emporta ensuite en Bretagne. Des siècles plus tard, les alliés du roi Arthur décidèrent de le récupérer. Voilà ce qu'est le Graal… pour un nigaud!

— Pour un nigaud?

— Exactement! Car le Graal est loin de se résumer à un objet, aussi sacré soit-il! Ce n'est pas sans raison que, pour les chevaliers de la Table ronde, la quête du Graal était la mission la plus grandiose qui se puisse accomplir! Ce n'est pas non plus sans raison qu'aucun d'entre eux n'a réussi!

— Quelles raisons?

Mon vieux compagnon a répondu d'un air grave:

— Même au prix de sacrifices inouïs et d'efforts titanesques, on ne peut *posséder* le Graal. À la vérité, le Graal est *immatériel*! Il représente ce qu'il y a de plus magnifique! Il est l'idéal! L'aspiration suprême! Le désir ultime! Ainsi, chacun de nous porte en son coeur un Graal qui lui est propre.

Tout ceci était un peu confus. Néanmoins, je retenais que le Graal équivalait à un grand rêve. À ce genre de rêve qui ne se réalise jamais parce qu'il est trop beau.

Pour don Quichotte, c'était peut-être un regard attendri de sa dame Dulcinée, un baiser d'elle, ou une déclaration d'amour chuchotée à son oreille. Pour moi, cela pouvait représenter la paix sur la terre, de la nourriture pour tous les affamés, la fin des injustices…

— On nous demande ce qu'est le Graal, a repris le vieillard. Comment répondre quand toutes les réponses se valent?… Heureusement, il nous reste une troisième chance!

Sans doute, mais je commençais à perdre espoir:

— Je ne veux plus jouer à ce jeu! Il est truqué de bout en bout! Je ne joue pas contre les tricheurs!

— La voix de la sagesse, enfin! a dit Rossinante. Noble seigneur et maître de mes galops, je vous demande moi aussi de renoncer!

Avec douceur, don Quichotte est venu s'accroupir devant moi:

— Est-ce la voix de la sagesse qui a parlé par ta bouche? Ou est-ce la voix de la peur?

Il m'avait démasqué. Mais son regard était si affectueux que je n'éprouvais nulle honte:

— Bien sûr que j'ai peur. Une mauvaise réponse à la dernière question, et nous mourrons tous les trois!

— Cela signifie que nous survivrons *peut-être*. Maxime, ce «peut-être» se trouve par-devant nous, et non par-derrière. Nos épreuves antérieures sont du passé. À moins que tu désires affronter de nouveau les hématophages et les géants de pierre? Que tu souhaites revivre la solitude et l'affolement qui t'accablaient lorsque je t'ai rencontré dans cette forêt?

Le bon sens est parfois si dur qu'on refuse de le reconnaître. Après avoir refusé un moment, j'ai fini par reprendre courage.

La troisième énigme était celle-ci:

QUEL ENNEMI DE *SUPEREOROMNE* A UN NOM IMPRONONÇABLE?

— *Supereoromne!* rageait mon compagnon. Je ne parviens pas à traduire ce damné mot! Jamais je ne l'ai vu ni entendu auparavant! Serait-il possible que tu dises vrai, Maxime? Ces arbres crapuleux auraient-ils juré notre perte?

— Gardez votre calme… Prenez le temps de réfléchir…

— Oui, c'est ce qu'il faut faire… Voyons… À première vue, *Supereoromne* est un nom composé… Il contient le mot *super* qui signifie «au-dessus de»… Non! ce n'est pas cela… On doit s'attarder à *supereor* qui signifie «supérieur»… Ensuite, nous avons *omne* qui se traduit par «homme»… Ainsi donc, la traduction la plus fidèle de *Supereoromne* serait «homme supérieur» ou «surhomme»…

— Superman! me suis-je exclamé. L'énigme concerne Superman!

Regard sceptique du vieux chevalier:

— Superman? Qu'est-ce que c'est que ça?

— C'est un héros plus fort que tous les autres héros! Il a tous les pouvoirs possibles et imaginables: voler dans les airs, soulever des poids de plusieurs tonnes, voir à travers les murs! En plus, il est invulnérable!

Plus jeune, j'avais eu le coup de foudre pour le superhéros venu de la planète Krypton. Encore maintenant, je connaissais par coeur tous les détails de ses exploits.

— Tes paroles me troublent, m'a confié don Quichotte d'un air lugubre. Chez moi, je possède une collection fort complète de récits chevaleresques. Or, aucun de ces ouvrages ne fait référence au puissant personnage que tu décris. Comment ai-je pu vivre autant d'années sans lire une seule histoire de Superman?

Pour le consoler, j'ai promis de lui prêter mes *comic books* si nous sortions vivants de cette aventure.

— L'ennemi au nom imprononçable, a-t-il dit, tu connais son identité?

Il s'appelait Monsieur Mxyzptlk. Cet être malfaisant, issu d'un univers parallèle, harcelait sans répit Superman grâce à ses pouvoirs «magicoscientifiques».

— Nous voilà bien avancés! a gémi don Quichotte. Tu es capable d'*épeler* son nom. Mais ce qu'il nous faut, c'est le *prononcer*. Par malheur, cela dépasse visiblement les capacités d'une bouche humaine!

— Vous vous trompez.

Un jour, j'étais tombé sur un épisode qui révélait comment prononcer «Mxyzptlk». Je ne l'avais jamais oublié.

Campé en face du troisième chêne, j'ai articulé à voix haute:

— Voici la réponse à votre question. Cet ennemi de Superman s'appelle Monsieur *Mix-yez-pittle-ick*.

Les phylactères ont disparu. Un frémissement a parcouru le chêne. Ses branches ont remué, glissant les unes sur les autres, se désentortillant, défaisant les noeuds qui les emprisonnaient depuis des siècles peut-être.

À la fin, l'arbre a soulevé l'ensemble de sa ramure. Soudain, il n'y avait plus d'obstacle. Un sentier naissait à quelques pas devant nous.

— Bravo, Maxime! m'a félicité don

Quichotte. Jamais plus je ne ferai ces allusions mesquines à ta soi-disant ignorance. En matière de héros, tu es aussi fin connaisseur que moi.

Chapitre VI
Les larmes
de Rossinante

La piste avait pris une teinte plus sombre.

Les sabots de Rossinante s'enfonçaient dans un sol ramolli, quasiment spongieux. Perchés sur son dos, nous percevions l'effort que lui demandait chaque nouveau pas. De temps à autre, il perdait l'équilibre, ce qui nous forçait à des rétablissements parfois spectaculaires.

Le silence était maintenant ponctué par le son des gouttes d'eau dégringolant des feuilles. Çà et là, des flaques apparaissaient. J'ai supposé qu'il pleuvait ou qu'il avait plu. Lorsqu'une brume épaisse est sortie des arbres, don Quichotte m'a corrigé:

— Cette humidité provient d'un marécage. Ne flaires-tu pas l'odeur des eaux croupies?

En effet, un relent de boue, mêlé à celui de la moisissure, s'infiltrait dans mes narines.

Ce brouillard imprévu réduisait peu à peu notre vision.

— Pourquoi toujours aller dans des endroits pareils? a gémi Rossinante. Vous n'étiez pas heureux chez vous, mon seigneur, à élever vos moutons? Le pire, c'est cette humidité qui me gruge les pattes! Ça vous dérangerait de me frictionner un peu?

— Encore un mot dans ce goût-là, et je te mets une muselière! Mangeur de foin à la cervelle d'éperlan!

— Cessez de faire les enfants! les ai-je réprimandés. Regardez plutôt!

Devant nous, le sentier s'élargissait, menant à un espace dégagé qui avait toutes les apparences d'une nappe d'eau.

— Qu'est-ce que je vous disais? s'est vanté le vieillard. Voici les marais que j'avais annoncés.

De peine et de misère, Rossinante s'est rapproché de la berge, pour s'arrêter tout d'un coup en chancelant.

— Qui t'a autorisé à faire une pause?

— Personne, mon seigneur! Je voudrais bien continuer, mais mes sabots s'y refusent. Les traîtres ont eu la drôle d'idée de caler dans la boue.

Nous avons mis pied à terre. Façon de parler, car à cet endroit le sol avait la consistance d'une pâte à tarte. Au moindre pas, la vase nous saisissait aux chevilles.

Main en visière malgré la pénombre, don Quichotte scrutait l'étendue des marais.

La forêt était inondée aussi loin que portait le regard. Cependant, à cause du brouillard qui nous bouchait la vue, la superficie du marécage était impossible à déterminer.

Aucun courant n'animait la nappe d'eau. À sa surface, des algues et des branches flottaient. Des arbres pourris dressaient leurs dépouilles parfois. Au-dessus de cette morne étendue, la brume formait un couvercle cotonneux et gris.

— Finie l'équitation, a déclaré le vieil homme. À présent, nous mettrons à l'épreuve nos talents de marinier.

Désignant un gros tronc échoué sur la berge, il a ajouté:

— Voici quelle sera notre embarcation. Et les deux branches que voilà feront des pagaies tout à fait acceptables.

Je ne partageais ni son sang-froid ni son optimisme. Naviguer sur une souche qui pouvait couler à tout moment, cela ne me disait rien qui vaille. Et puis pendant combien de temps devrions-nous confier notre vie à ce bloc de bois?

— Quant à toi, Rossinante, tu suivras notre esquif à la nage.

— Que me demandez-vous, mon maître? Avez-vous perdu la mémoire? Vous ne vous rappelez pas ce détail qui a toujours fait ma honte, depuis mes tout premiers hennissements?

— Non, je ne vois pas.

— L'eau, mon seigneur! L'eau! Quand il faut entrer dans l'eau, hou là là! que j'ai peur! Mes pattes n'avancent plus, mon estomac se tord, mon coeur palpite! J'aimerais mieux marcher dans les flammes que de plonger un bout de sabot dans une mare!

— Hum… J'avais oublié cela, en effet. Laisse-moi réfléchir. Il existe sûrement une solution à ton problème.

S'éloignant de quelques pas, don Quichotte a amorcé un dialogue avec lui-même.

Il parlait trop bas pour que je l'entende. Par contre, aucun de ses gestes ne m'échappait. Il se grattait le crâne, farfouillait dans sa barbe, écartait ses bras maigres, agitait ses longues mains. Je l'ai même vu s'arracher les cheveux à deux ou trois occasions. Vraiment, la phobie de son cheval lui posait un grave dilemme.

Ses murmures ont cessé. Au lieu de revenir vers nous, il s'est assis sur le gros tronc. Il est resté là très longtemps, silencieux, les épaules voûtées, la tête entre les mains.

— Bon! a-t-il lâché soudain. Le sort en est jeté!

Il s'est planté devant Rossinante, droit comme un cierge.

— Puisque tu es incapable de nous suivre, Maxime et moi partirons seuls. C'est dit! Et ne t'avise pas de rouspéter! La vaillance d'un chevalier se mesure parfois à la dureté de ses décisions!

— Oh! non! Je vous en conjure, maître adoré, ne m'abandonnez pas! Je ne suis qu'un cheval! Un pauvre canasson sans intelligence et sans instruction! Comment me débrouillerai-je dans cette ignoble forêt? J'ai besoin qu'on s'occupe de moi! J'ai besoin de *vous* qui m'avez toujours traité comme un fils!

— J'ai dit: pas de rouspétance! De toute manière, je suis sourd à tes protestations.

Inébranlable, don Quichotte a tourné le dos à l'animal.

Cette scène me brisait le coeur. Avant qu'il n'ait l'usage de la parole, je ressentais déjà de l'affection pour Rossinante. Mais depuis qu'il parlait, je le considérais comme un ami.

La pauvre bête pleurait à chaudes larmes. Son maître, feignant l'indifférence, faisait glisser le tronc d'arbre en direction de la rive.

Avec toute la tendresse qu'il y avait en moi, j'ai caressé son museau.

— J'espère que tu t'en tireras, lui ai-je chuchoté.

— Le plus dur, ce ne sera pas d'être seul, mais d'être sans *lui*! Les chevaux sont très dépendants de la personne qu'ils aiment. Quand elle s'en va, c'est comme une amputation.

— Je comprends. Les humains éprouvent la même chose.

* * *

Après une demi-heure de navigation sans histoire, je commençais à me fier à notre embarcation.

Nous progressions très lentement. Assis
l'un derrière l'autre, les pieds dans l'eau,
nous ramions en cadence.

Et en silence. Car nous n'avions pas
desserré les dents depuis notre départ. Les
hennissements et les sanglots de Rossinante résonnaient encore à nos oreilles.

Tout n'était que grisaille autour de
nous. Le ciel, l'horizon. Même l'eau était

grise. Quand nous croisions un arbre encore debout, lui aussi avait cette teinte.

Où allions-nous ainsi? Sans direction ni
point de repère, finirions-nous par accos-
ter? Ou étions-nous plutôt condamnés à
errer pendant des jours jusqu'à ce que
l'épuisement, puis la mort viennent nous
fermer les yeux?

Chapitre VII
Le chant
des sirènes

J'ai d'abord cru à une illusion. Puis don Quichotte a perçu lui aussi cette plainte lointaine, presque inaudible.

— Une voix de femme, a-t-il dit. Cela ressemble à un chant.

Soucieux, il concentrait son attention sur la voix mystérieuse. Nous avons cessé de pagayer.

Une seconde voix s'est jointe à la première. En les entendant toutes deux, j'ai ressenti un pincement dans mon ventre.

Pas vraiment un pincement, non. C'était indescriptible. La sensation ressemblait à la faim ou à la soif.

Tandis que le chant me berçait, quelque chose d'infiniment doux effleurait mon coeur. J'avais envie de cette douceur. Je voulais que sa source se rapproche de moi, qu'elle m'enlace, qu'elle se loge dans mon être pour ne plus me quitter.

Provenant de plusieurs directions, les

voix se multipliaient. Certaines étaient proches, d'autres voletaient à la limite de ma perception.

Les yeux grands ouverts, je scrutais le fin fond de la brume. Les chanteuses apparaîtraient bientôt. Je les attendais. Je les souhaitais.

— *Elles charment les mortels qui les approchent,* a récité don Quichotte. *Bien fous sont ceux qui ralentissent pour les écouter. Car leur rivage est blanchi d'ossements et parsemé de cadavres!*

Son intervention m'a fait sursauter. Il s'est tourné vers moi, l'expression grave:

— Un extrait de l'*Odyssée,* d'Homère. C'est le passage où Circé prévient Ulysse contre le chant des sirènes.

— Des… sirènes?

— Nymphes d'eau, ondines, naïades, sirènes… Nomme-les comme tu veux. Si tu cèdes à leur envoûtement, tu mourras.

Envoûtement! Le mot était juste! Depuis que les voix avaient capté mon intérêt, je me sentais tout bizarre.

— Vous font-elles le même effet qu'à moi?

— Certes oui! Mais je suis un vieillard. En matière d'amour, je parviens mieux que jadis à freiner mes élans tumultueux. Et puis il y a ma dame Dulcinée dont la pensée ne me quitte pas un instant! Les sentiments que j'éprouve pour la maîtresse de mon âme sont uniques et sans partage.

Les voix des sirènes se faisaient de plus en plus mélodieuses, de plus en plus caressantes. Elles articulaient des mots, à présent. Des mots qui s'adressaient à moi:

— Maxime… Viens nous rejoindre…

Tu mourras! avait dit mon compagnon. *Si tu cèdes à leur envoûtement, tu mourras!*

Bien que terrifié, je ne pouvais me retenir de les écouter. L'invitation qu'elles me lançaient, la joie qu'elles me promettaient étaient irrésistibles.

— Viens… L'eau est si bonne… Viens nager avec nous…

Cette eau m'attirait, me donnait le vertige. Par crainte de m'y jeter, j'ai agrippé un bras de don Quichotte.

— Bouche-toi les oreilles, m'a-t-il recommandé. C'est ta seule chance. Moi, je tenterai de nous éloigner d'ici.

Reprenant sa pagaie, il s'est mis à la tâche avec une énergie redoublée.

J'ai plaqué mes mains sur mes oreilles. Mais le silence ainsi obtenu n'a duré qu'un instant. Sur les conseils du chevalier, je me suis enfoncé jusqu'aux tympans des morceaux de tissu imbibés d'eau. Cette fois encore, le résultat a été temporaire.

— Nous nous ennuyons, Maxime… Viens jouer avec nous… Viens nager…

Tout d'un coup, elles sont apparues!

Dix! Vingt! Cent! Venant de partout, elles fonçaient vers notre embarcation. Face à d'autres créatures, j'aurais hurlé d'effroi à ce moment-là. Mais la beauté de ces jeunes filles m'avait coupé le souffle.

À peine plus âgées que moi, elles ondulaient gracieusement à la surface de l'eau, leurs visages tournés vers nous. Leurs chevelures étaient si longues qu'elles dessinaient une trace mouvante sur leur passage.

Aucune ne ressemblait à ses compagnes. Pourtant, toutes étaient pareilles: délicates, les traits pleins d'innocence, les yeux écarquillés et espiègles.

— Maxime! chantaient-elles. Nous avons besoin de compagnie… L'eau est bonne… Viens… Viens…

Don Quichotte pagayait comme un forcené. Criant à tue-tête, il tâchait de m'arracher au piège qui m'engluait:

— Ne les écoute pas! Concentre-toi sur ta mission! Pense à la vie que tu retrouveras quand ce sera fini! Si tu les écoutes, tu perdras tout! Rassemble ton courage, je t'en conjure!

Les nymphes me tendaient leurs bras en souriant.

Suis-je tombé, ou ai-je choisi de les suivre?

Elles se sont agglutinées autour de moi dans un babillage désordonné. Folles de joie, elles riaient, poussaient des cris, se chamaillaient pour être les premières à me toucher. Leurs petites mains frôlant ma peau avaient la légèreté des papillons.

D'aussi loin que les confins de l'univers, les avertissements de don Quichotte tentaient d'arriver jusqu'à moi:

— Reviens, Maxime! Reviens tout de suite! C'est la mort qui se cache sous cette jeunesse et cette beauté! Allez, reviens, saperlipopette!

— Suis-nous, disaient les jeunes filles. Viens avec nous au fond de l'eau... Viens te noyer, ce sera si bon...

L'eau m'a enveloppé, tiède et rassurante.

Je n'avais plus de poids, léger comme une algue, un nénuphar, un brin d'herbe. Les sirènes virevoltaient autour de moi en un ballet étourdissant. Des milliers de bulles montaient, montaient, montaient vers la surface.

L'eau est entrée dans mes narines et dans ma bouche.

Paniqué, j'ai agité les bras, mais quelque chose me retenait. Trois ou quatre nymphes, agrippées à mes jambes, m'entraînaient vers le fond du marécage.

Elles souriaient.

Je me débattais.

En vain.

Soudain, j'ai été happé par un nuage de bulles filant à la verticale.

Les sirènes fuyaient.

L'eau dans mes poumons… et puis de l'air!

De l'air sur mes cheveux, mon front, mes joues!

Après un hoquet, j'ai vomi de l'eau, des tonnes d'eau, en aspirant l'air à grands coups de poumons…

Flottant à mes côtés, Rossinante

m'observait, l'angoisse bien visible dans ses yeux de cheval.

* * *

— En fin de compte, je sais nager! nous a-t-il dit plus tard.

— L'instinct! a confirmé don Quichotte. La plupart des animaux savent nager par instinct!

— Je souffrais trop, là-bas, tout seul au bord du marécage. Il fallait que je vous rejoigne, mon maître, sinon j'étais sûr de mourir. C'est ça qui m'a décidé à me jeter à l'eau.

Malgré son manque d'adresse à la nage, il a fini par nous retrouver au moment où je coulais.

En m'attrapant avec ses dents, il m'a sauvé de l'horrible mort où les sirènes voulaient m'entraîner.

* * *

Avec quel soulagement nous avons enfin touché terre!

Au-delà d'une grève boueuse, la forêt renaissait. Nous avons déniché l'entrée d'un sentier, mais il s'en était fallu de peu que le brouillard ne nous le cache.

Épuisés tous les trois, nous nous sommes couchés dans l'herbe.

Je n'ai pas dormi. Il y avait en moi trop d'événements à récapituler et trop d'émotions à digérer.

Chapitre VIII
L'Épée d'Héroïsme

Nous avons fait halte en apercevant le rocher.

En soi, il n'avait rien d'extraordinaire. Ni très haut, ni assez large pour nous bloquer la route.

Mais une épée était fichée en son centre, à la verticale. Une épée dont la majesté, l'autorité presque, frappait le regard. En face de cette arme, on ne pouvait se retenir d'être subjugué, comme si un fluide mystérieux émanait d'elle.

Je n'osais plus bouger. Pour sa part, don Quichotte a mis pied à terre et s'est agenouillé devant le socle rocheux. Les yeux écarquillés, la bouche béante, il observait l'épée comme s'il s'agissait d'une apparition.

— Vous connaissez cette arme? lui ai-je demandé.

— Si je la connais! Elle est partout présente aussi bien qu'éternelle! Elle intervient dans les plus belles aventures! Elle brille à la main des plus grands chevaliers! Elle remporte les victoires les plus mémorables! C'est elle! C'est l'Épée d'Héroïsme!

Il dodelinait de la tête, émerveillé.

— Pour Charlemagne, a-t-il continué, elle s'appelait la Joyeuse! Pour Roland, elle était Durandal! Pour Renaud de Montauban, c'était Flamberge! Pour Arthur Pendragon, c'était Excalibur!

— C'était chaque fois la même?

— Oui, car elle est unique! Il n'y a qu'une Épée d'Héroïsme, une seule, partout et toujours! Et la voici, Maxime! Là, devant nous! Combien de héros, plus valeureux que toi et moi, n'eurent jamais cette chance de la contempler!

Il fallait admettre qu'elle était magnifique.

La partie émergeant de la pierre mesurait presque un mètre. Sa lame dorée semblait forgée dans l'or pur. Des joyaux de couleurs diverses ornaient sa garde et sa poignée. Une énorme pierre précieuse, rouge et translucide, lui servait de pommeau.

En dépit de l'âge que lui prêtait mon

ami, elle avait l'air aussi neuve que si on l'avait fabriquée le matin.

— Emportons-la, a proposé don Quichotte. Nous ne la méritons pas, mais je suis convaincu qu'elle a été placée ici à notre intention.

— Mais elle est plantée dans la roche! À vue d'oeil, il faudrait une force herculéenne pour la sortir de là!

Il s'est approché de l'arme à pas mesurés. Rendu près du socle, il a tendu les

bras très lentement, avec une hésitation qui ressemblait à de la crainte. C'était comme s'il s'apprêtait à caresser un animal sauvage.

Je m'attendais à un événement spectaculaire lorsque ses mains toucheraient la lame. Mais rien de tel ne s'est produit.

Lorsqu'il a étreint la poignée, sa respiration saccadée et rauque troublait seule le silence.

Il a fermé les paupières. Aucune partie de son corps n'a bougé durant une bonne minute.

Finalement, tous les muscles bandés, il a exercé sur l'Épée une brusque traction. L'arme est restée inerte, mais le vieillard, entraîné par son mouvement, est tombé à la renverse.

— Mon maître! a crié Rossinante. Qu'est-ce que vous faites? Ces choses-là, ce n'est plus de votre âge!

— Ça va, monsieur don Quichotte? me suis-je enquis à mon tour.

Il s'est relevé péniblement en se tenant le bas du dos.

— Il y a fort longtemps, a-t-il dit, l'Épée d'Héroïsme était fichée dans une pierre semblable. Uther Pendragon avait rendu son dernier souffle et la Bretagne se trouvait sans roi pour la gouverner. Les grands du royaume s'étaient réunis afin d'élire un nouveau chef. Mais qui choisir parmi ces guerriers d'égale valeur?

«Désignant l'arme plantée dans le socle, l'Enchanteur Merlin leur fit cette proposition. Le roi serait celui qui parviendrait à extraire l'Épée d'Héroïsme et à la brandir au-dessus de sa tête.

«Tous les nobles rassemblés, princes, barons, chevaliers, s'essayèrent à l'épreuve. Ils échouèrent tous.

«Un jeune homme appelé Arthur s'adonnait à passer par là. Son regard tomba sur l'Épée. À la stupéfaction générale, il s'en saisit et l'arracha facilement à la pierre.

«Personne d'autre que lui n'aurait pu la prendre et la faire briller sous les étoiles. Arthur était le plus jeune, le plus humble, le moins expérimenté. Pourtant, c'est à lui et à lui seul que revenait l'Épée d'Héroïsme! Elle lui était destinée! Elle lui *appartenait*!»

— Je connais cette histoire. Pourquoi me la racontez-vous?

Son sourire de bon grand-père a illuminé son visage. Puis, sans un mot, il m'a indiqué l'Épée.

— Il veut que tu essaies! a complété Rossinante.

Qu'avais-je à redouter? J'ai pris place devant le socle. La poignée de l'arme étant trop haute pour que je puisse l'atteindre, j'ai empilé quelques pierres sur le sol.

D'aussi près, je captais avec une précision nouvelle l'espèce de magnétisme dégagé par l'Épée. Était-ce dû à mon imagination? Il me semblait qu'un lien impalpable me tirait déjà vers elle. Un lien offert par l'arme elle-même, que j'avais le privilège d'accepter ou de refuser selon mon désir.

Un peu dérouté, j'ai levé les bras. Sans que ma volonté intervienne, mes mains se sont unies autour de la poignée sertie de pierres précieuses.

J'ai tiré vers le haut. La lame a glissé aisément hors de la roche.

Ébahi, bouleversé, j'ai gardé l'Épée à la hauteur de mes yeux durant un moment.

Puis, comme obéissant à un ordre silencieux, je l'ai brandie au-dessus de ma tête, centimètre après centimètre. Elle était légère, à peine plus lourde qu'un gros couteau.

Quand mes bras ont atteint leur pleine extension, j'ai cessé de bouger.

L'Épée d'Héroïsme brillait de mille feux. Chaque atome de sa lame semblait lancer sa propre lumière. Les joyaux de sa garde chatoyaient comme une aurore boréale. J'avais l'impression de tenir entre mes mains un brasier, un feu d'artifice, un météore, une étoile!

J'ai abaissé l'arme. Sa brillance a décliné, puis elle a disparu. Moi, je demeurais ébloui, enivré, abasourdi.

Don Quichotte est venu à moi, souriant, de la tendresse au fond des yeux.

— Personne d'autre que toi ne pouvait la prendre, m'a-t-il dit. C'est à toi qu'elle revenait. Elle t'était destinée. Désormais, Maxime, elle t'appartient.

Je regardais cette arme extraordinaire, frappé désormais d'une certitude: sans l'Épée d'Héroïsme, notre mission était vouée à l'échec.

Mais j'éprouvais une sensation encore plus étrange. Tandis que je tenais l'arme entre mes mains, quelque chose de puissant circulait dans mes veines. Qu'est-ce que c'était? Un fluide magnétique? Un pouvoir surnaturel? Une substance vivante? Tout ce que je savais, c'était que cela provenait de l'Épée.

On aurait dit que je n'étais plus seul à l'intérieur de moi.

Table des matières

Achevé d'imprimer
sur les presses de AGMV Marquis